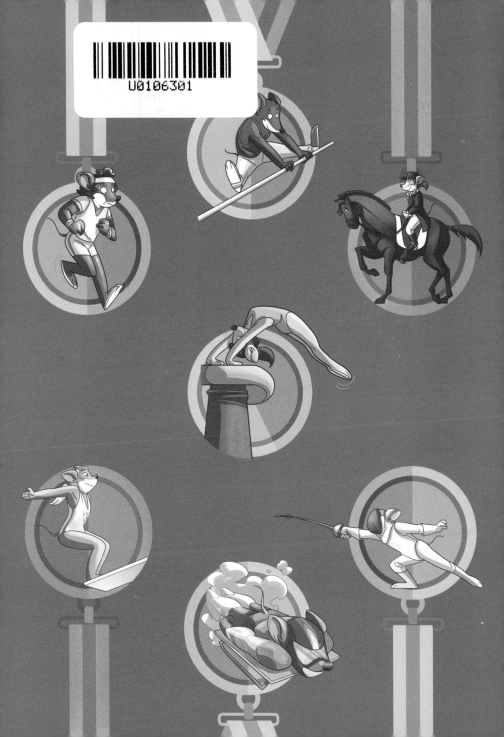

親愛的鼠迷朋友，
　　歡迎來到老鼠世界！

謝利連摩・史提頓

Geronimo Stilton

《鼠民公報》
辦公室

賴皮
（謝利連摩的表弟）

班哲文
（謝利連摩的姪兒）

謝利連摩·史提頓

GERONIMO STILTON

菲
（謝利連摩的妹妹）

老鼠記者

金牌鼠贏盡奧運會 （奧運珍藏版）
LO STRANO CASO DEI GIOCHI OLIMPICI

作　　者：Geronimo Stilton　謝利連摩·史提頓
譯　　者：丁一　朱綺婷
責任編輯：陳喜嘉　胡頌茵
中文版封面設計：陳雅琳
中文版內文設計：羅益珠
出　　版：新雅文化事業有限公司
　　　　　香港英皇道499號北角工業大廈18樓
　　　　　電話：(852) 2138 7998
　　　　　傳真：(852) 2597 4003
　　　　　網址：http://www.sunya.com.hk
　　　　　電郵：marketing@sunya.com.hk
發　　行：香港聯合書刊物流有限公司
　　　　　香港荃灣德士古道220-248號荃灣工業中心16樓
　　　　　電話：(852) 2150 2100　傳真：(852) 2407 3062
　　　　　電郵：info@suplogistics.com.hk
印　　刷：C & C Offset Printing Co., Ltd.
　　　　　香港新界大埔汀麗路36號
版　　次：二〇二一年二月初版
版權所有 ● 不准翻印
全球中文版版權由Edizioni Piemme授予

老鼠記者 Geronimo Stilton

金牌鼠 贏盡奧運會

謝利連摩·史提頓
Geronimo Stilton

新雅文化事業有限公司
www.sunya.com.hk

目錄

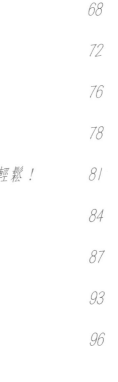

史奎克 · 愛管閒事鼠

「史奎克偵探社」創辦者

威斯柯特 · 金牌鼠

想成為世界上最偉大運動員的老鼠

安培 · 伏特

發明家

馬克斯 · 坦克鼠

謝利連摩的爺爺

我的一千個
莫澤雷勒乳酪啊！

今天早上（一個**炎炎夏日**的早上）我起牀後，就像往常一樣打開了收音機，想聽聽有什麼最新的新聞。

「**奧林匹克運動會**就要開始了……」

我歎了口氣：「我的一千個莫澤雷勒乳酪啊，怎麼還是**奧運會？**現在在妙鼠城裏大家就不能再說點別的嗎！」

我關掉收音機，打開了電視，電視裏正播着體育新聞！我再歎了口氣：我的一千個莫澤雷勒乳酪啊，又是**奧運會？**

　　我翻開當天的報紙，赫然一個大標題呈現在我眼前：「**現在距離奧林匹克運動會開幕只剩下三天時間了！**」

　　我再一次歎息：「*我的一千個莫澤雷勒乳酪啊，為什麼還是**奧運會**？*」

　　我出了家門去上班，看到在城市的中心廣場上，幾個工人正在安裝一塊大型的**電視幕牆**，以便能夠直播**奧運會**的賽事。

　　我又一次歎息：「*我的一千個莫澤雷勒乳酪啊，怎麼又是**奧運會**？*」

　　到了報社的編輯部辦公室，我開始意識到所有鼠都在討論着同一個話題：奧運會。

　　我只能歎息：「*我的一千個莫澤雷勒乳酪啊，都是**奧運會？***」

　　我只好把自己關在辦公室裏：我就是這樣的一個傢伙，這樣的一隻老鼠，這樣的一個知識分子……我對體育運動一點都不感興趣！

噢，對不起，我還沒有做自我介紹呢，我叫做**謝利連摩·史提頓**，是《**鼠民公報**》的總編輯，這份報紙是老鼠島上最著名的報紙！

接下來，當我在辦公室裏**安靜地**工作時，突然聽到一陣摩托車的**轟隆聲**。

我以一千個莫澤雷勒乳酪發誓，我知道是誰來了⋯⋯

親愛的，
請幫我一個小小的忙……

一秒鐘後，辦公室的門就被撞開了，我的妹妹菲騎着摩托車衝了進來，她就是《**鼠民公報**》的特派記者。

我歎息着：「菲，我告訴過你多少次了，不要騎着摩托車進我的辦公室！」

她把摩托車停在我的辦公桌上……險些**壓到**了我的左手爪上……

在我奮起反抗之前，她已經湊了過來對我小聲說道：「親愛的！我帶來了你非常喜歡的小點心啊……是黏黏的**戈爾宮左拉乳酪**……」

我嘗了一口小點心，非常小心翼翼地品嘗。

菲繼續説：「親愛的謝利連摩，我想請你幫我一個很小很小非常小非常小的忙……」

「説吧説吧，如果我有這個能力的話，我一定會非常樂意地幫你！」

她大聲宣布：「你幫我去採訪**奧運會**消息！」

我結結巴巴地説：「**但……但這不是應該你來做的嗎？**」

她冷笑一聲：「對啊，但是我有別的事情要做……而且，小謝利連摩，你這麼**能幹**，這麼**聰明**，這麼**專業**，這麼**有領導才能**……」

「別説這些啦！我對體育運動簡直是**一無所知**，我也不是那種**愛好**體育的鼠！」

她狂笑道：「這是已經決定了的事情啦！爺爺決定的！」

恰恰這個時候我的電話 **響 了**。

「喂，我是史提頓，*謝利連摩‧史提頓！*」

電話那頭傳來雷鳴般的**怒吼**，強烈地震動着我的耳膜。

「我是馬克斯，**馬克斯‧坦克鼠！**我是你爺爺，謝利連摩！你沒聽出是我來嗎？」

我輕歎了一口氣。我怎麼可能聽不出是我爺爺的聲音呢？

爺爺下命令：「乖孫，醒醒，準備好做筆記：

① **馬上**趕回家去收拾行李！

② **立刻**到壯鼠市機場去！

③ **乘坐首班**到雅典的飛機！」

接着他又繼續説：「密切關注**奧運會**，並且……**第一**，給《**鼠民公報**》寫一份詳細報道；**第二**，進行電視現場轉播；第三，（等你到那兒以後）……給我買點**希臘乳酪**吧？」

「但……但是爺爺啊，我還有別的事情急着要先做……」

爺爺**怒吼**：「不要和爺爺討價還價！」

「但是我對運動一竅不通啊……」

「糟糕啊，**非常**糟糕。但是你去了不就有了學習的機會了嗎？」

「讓菲去採訪**奧運會**不是更好嗎？」

「我最愛的小孫女正好有別的事情要去做，她要去採訪一場時裝表演！」

我還能再說什麼嗎？菲從來都是爺爺的心

肝寶貝，而我爺爺決定了的事，從來沒有可以商量的餘地……

我收拾好行李，飛奔到壯鼠市機場，然後登上了要把我帶到雅典的班機！

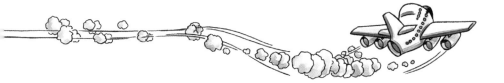

壯鼠市

老 鼠 島

我是真正的紳士鼠……

我在機艙裏找到了自己的座位。

我剛剛坐好，就聽到旁邊傳來用假聲發出的尖叫：「噢噢噢……」

我轉過頭去，看見一位長着**灰色毛**的老鼠空中小姐。她面容**怪異**，**鬍子**那兒還**拍了粉底**。她的頭髮金黃色，看上去亂蓬蓬的；眼睛上接着假睫毛；嘴唇上塗着**火紅鮮艷**的唇膏；指甲**很長很長**，而且塗了指甲油。她穿着一條又短又窄的裙子，走起路來步子**歪歪扭扭**……更奇怪的是她腳上穿着一雙**黃色**的**高跟鞋**……鞋跟**又細又尖**。

21

我發現從她身上掉下一塊花邊 **香水手帕** 。我急忙起身跑過去把它撿起來,走上前去把手帕遞給她,禮貌地向她鞠躬致意,同時 **親吻她的手爪** 。

「小姐,這是你的手帕。」

她大聲叫道:「**噢噢噢!** 你是一位真正的紳士鼠呀!」

突然,這位空中小姐扔下一個小行李箱……正好砸在我的右腳上。

我痛得大叫起來:「**ORO! ORO! ORO!**」

　　然後我把箱子提起來，向她紳士地鞠了一躬，並*親吻她的手爪*，説：「小姐，我隨時聽候你的吩咐。」

　　就在這時，她又砸了一個奇重無比的大行李箱下來……正壓在我的左腳上。

　　我失聲嚎叫：「**救命命命命呀！**」

　　接着我還是把沉重的箱子提了起來遞給她，再次向她鞠躬，並*親吻她的手爪*，説：「小姐，我隨時聽候你的吩咐！」

　　她對我微笑説：「看你這麼熱情……如果你不介意的話，可以協助我向乘客們演示一下，當老鼠們遇到飛行緊急情況時該怎麼辦，可以嗎？」

唔唔唔……

她給我穿上了救生衣,而且把帶子勒得很緊很緊,緊得我幾乎呼吸不了。

唔唔唔唔唔……

我剛剛恢復正常呼吸,就向她點頭致意並*親吻牠的手爪*,說:「小姐,我隨時聽候你的吩咐。」

空中小姐又笑了笑,然後問道:「看你這麼熱情……你不介意的話,願意幫我給乘客們上茶嗎?」

她拿着一壺滿滿的滾燙的熱茶走過來,想倒進茶杯裏……可是熱茶正好淋在我的右手爪上。

救命呀!

我**大聲尖叫**:
「救命命命命命命命命命命命啊!」

我剛恢復過來，就**親咖牠的手爪**，鞠躬微笑道：「小姐，我隨時聽候你的吩咐。」

空中小姐笑笑說：「看你這麼殷勤，可以幫忙**放映**一部電影嗎？」

不一會兒，我就在一堆電影菲林裏掙扎，感覺就像被幾條蛇層層纏繞着脖子周圍。

我大聲呼喊：

「熱熱熱熱熱熱熱熱死了！」

我剛剛把菲林重新捲好，就彎腰**親咖牠的手爪**：「小姐，我隨時聽候你的吩咐。」

空姐又笑了笑說：「看你這麼殷勤，你不介意幫我把飛機上所有的廁所都清洗乾淨吧？」

我被迫去打掃飛機上那些**惡臭薰天**的廁所。打掃完畢，我把水桶和拖把歸還給她，然後彎腰**親吻她的手爪**：「小姐，我隨時聽候你的吩咐。」

空中小姐還是微笑著說：「你既然這麼殷勤，你不介意⋯⋯」

我頓時**非常擔心**：「**我的一千個莫澤雷勒乳酪啊**，她還能有什麼吩咐啊？難道還要我去駕駛飛機嗎？」

我**很小心地**問道：「小姐，我還有什麼可以幫到你的呢？」

直到這時，就是這個時候，我才意識到**一件很古怪的**事情⋯⋯

你喜歡這個小小的玩笑嗎？

這位空中小姐的夾克小口袋裏冒出了一塊香蕉皮！

我仔細觀察了她的臉，這神情很熟悉……我恍然大悟。

那根本不是什麼空中小姐！

那根本就是史奎克·愛管閒事鼠！

他終於露出原形，竊笑道：「謝利連摩我的小老弟，你喜歡這個小小的玩笑嗎？」

我抗議道：「不不不不不不不不不不！我一點都不喜歡！」

史奎克神秘兮兮地低聲問：「謝利連摩，你也是趕去參加奧林匹克運動會嗎？」

我嘟囔道：「呃……是的。你為什麼這麼問呢？」

他強調說：「因為我也正要去參加**奧運會**。為了不讓別的鼠認出我來（我可是非常出名的偵探，呵呵呵），所以我要喬裝打扮成空中小姐。你說我這個樣子大家認不認得出是我呢？」

我承認道：「認不出來。」

「你知道我為什麼要去**奧運會**嗎？」

「我不知道啊，而且我也不知道我到底想不想知道。」

「好了好了，還是讓我告訴你吧。在我看來，這次奧運會賽事中，有一股輕微的燒焦了的味道⋯⋯」

「你願意幫我一起去解開這個小疑團嗎？」

我搖了搖頭：「很抱歉，我不能幫你。我去參加**奧運會**，目的是給《**鼠民公報**》寫一份關於奧運會的詳細報道，我可能會很忙。」

史奎克剝了一根香蕉。「**嗯！真開胃！**你要嘗嘗嗎？」

我拒絕了：「不用了，謝謝，你知道我從來不吃香蕉的！」

「為什麼呢？」

「因為我消化不了。」

「哎，你還是和往常一樣脆弱啊，嗯嗯。」

他壓低聲音：「對了，菲沒來嗎？」

我搖搖頭：「菲不來了！」

史奎克聲嘶力竭地大喊（以至於所有鼠都轉過頭來）：

「**什麼麼麼麼麼麼麼麼麼麼麼麼麼？**
我親愛的菲不來？？啊啊啊啊啊啊啊啊啊啊！我小小的心臟怎麼承受得了啊！你為什麼不把她帶來啊？壞蛋！」

我**尷尬極了**：「噓，史奎克，小聲點兒！我們正被所有鼠盯着看了！」

他還是繼續嚎叫：「我原想在雅典向她求婚呢！我還給她買了訂婚戒指……上面鑲着一顆非常珍貴的寶石……是香蕉黃的**黃寶石**……」

我試着安慰他：「沒關係的，那就等下次吧……」

史奎克擦乾眼淚：「唉！我只好專注於我的工作……盡量寓工作於娛樂，在解開**奧運**這小疑團的同時順便散散心吧。謝利連摩，跟我一起幹吧，這是一椿有點不可思議的事情，你可以因此而寫出一篇有小小趣味的小小文章，獻給你的小小讀者們……」

「我已經跟你說過了，我真的沒辦法幫你這個忙。嗯，不過，那是關於什麼呢？」

史奎克小聲說：「你仔細看看**奧運**委員會成員的名單就知道了。好了，我現在要走了，去給乘客們準備餐點。哦，對了，謝利連摩我的小老弟，既然你是名副其實的紳士鼠，你願不願意幫忙……」

我**大叫**：「我不想再幫你做任何事了！我確實是一隻紳士鼠，但我只會向女士們伸出援手……*如假包換的女士們！*」

他一邊嘟囔着一邊走開：「**哎**，現在這個世道啊，再也沒有所謂的紳士啦……」

但是我承認，我的好奇心已經被激發出來了。

剛下了飛機，我就**上網**找**奧林匹克運動會**委員會成員的名單……

……但是我沒發現有什麼奇怪之處啊！

古希臘時期

　　我決定在這兒好好逛一逛，因為雅典的確是一個**奇妙而迷人**的地方。

　　這兒有一個體育博物館，展示大量現代**奧林匹克運動會**的文獻和資料，從1896年一直延續到現在。

　　還有一個**古希臘文明**展覽館。古希臘創造了輝煌的文明，奧林匹克運動會的前身「奧林匹亞運動會」即誕生於此地，我們對於古希臘的文明有着無比敬仰的感情。即使走在大街上，也讓我感覺正漫遊在

古老的文明國度中……

古希臘人

　　大約在公元前一千年，希臘是由一些獨立的城邦國組成的，其中最重要的兩個城邦國就是雅典和斯巴達。公元前五世紀，城邦國擴展到了整個地中海沿岸。由於這股霸權勢力過於強大，以致觸發了與波斯人民的連場戰役：馬拉松戰役、薩拉米斯海戰、普拉提亞戰役。在所有的戰役中，波斯都潰敗。與此同時，雅典的軍事和政治威望在伯里克里斯的統治下（公元前495年－公元前429年）迅速增長，從而加劇了和斯巴達之間的衝突，最終引發了伯羅奔尼撒之戰（公元前431年－公元前404年）。這場戰役標誌着雅典的衰落和斯巴達的崛起。後來，在菲力普二世執政時期，希臘失去了獨立自主權，臣服於馬其頓，並在公元前146年成為了羅馬帝國的一個省區。

斯巴達勇士們

他們遵守着鐵一般的軍事和訓練紀律，從小就習慣了面對最艱難的考驗。

古希臘詩人荷馬

這位失明詩人生活在公元前七世紀，相傳是歐洲最早的兩部英雄史詩——《伊利亞特》和《奧德賽》的作者。《伊利亞特》描述的是特洛伊戰爭；《奧德賽》講述一位在特洛伊戰鬥過，名為尤利西斯（即史詩中的「奧德賽」）的希臘英雄，返回祖國故鄉古意大利的故事。

學校

　　學校教育大概從七歲開始，而且僅限於對男孩子。他們要學習各種不同的科目：

• 基礎課老師：教授學生讀書、寫字和算術。

• 美育老師：教授學生朗誦詩歌，彈奏豎琴和吹奏長笛。

• 體育老師：教授學生舞蹈和體操。這些運動課一般都在體育場館內進行。

　　女孩子們就只能留在家裏，跟媽媽學習紡織毛線、烹飪和唱歌。

飲食

　　小麥和大麥是最主要的糧食，被用於製作麵包和蛋糕。橄欖和葡萄已得到廣泛培植。橄欖油既可用作調味料，也可用作藥物和化妝品的原料。葡萄可以當水果吃，或者用作釀製紅酒的原料。人們也

吃魚和乳酪，並會畜養家禽和家豬作為肉食來源。為了得到奶汁和毛皮，人們也養了綿羊和山羊，而牛和騾子則被馴養作為田裏耕作的勞動力。人們使用蜂蜜來做甜味劑，因為那時候還沒有白糖！

為紀念宙斯的

古希臘各個城邦國時常互相鬥爭，只有在一個情況下他們才會停戰：在紀念宙斯的奧林匹亞運動比賽中，後來的奧林匹克運動會就是以此得名的。

關於奧林匹亞運動會的起源眾說紛紜，已經無從稽考。這些比賽可能是在公元前776年誕生，之後就每四年舉行一次（這更大程度上成為了年曆表！），總共持續了超過一千年時間，直到羅馬人征服了希臘為止。這些比賽隨後變得越來越被忽視，直至被廢除，因為羅馬人認為它們都是非基督教的活動，不應得到重視。

誰有資格參賽？

只有男人可以參加比賽，女人一律禁止參賽！

比賽由一名希臘城的運動員手持火炬，徒步穿過整個城市，然後宣布賽事開始。各個城邦國都會派出他們最優秀的選手參加競賽。

奧林匹亞運動

有哪些項目？

首先是田徑賽事，以及五項全能（即賽跑、跳遠、擲鐵餅、標槍和摔跤五個項目作為一個專項賽），還有拳擊、馬戰車賽和賽馬。拳擊賽源於希臘人的軍事教育，分少年組和成人組。比賽沒有時限，直至其中一方選手徹底投降為止——這都是觀眾們最愛觀看的賽事。

勝利者會被授予用橄欖枝編成的桂冠，那是取材自生長在供奉宙斯的廟宇之中的橄欖樹枝葉。

摔跤運動員都會在身上塗油，使身體發熱，然後再往身上撒沙子，這樣身上就不會那麼光滑，更有利於進行擒拿法的進攻。

膽小害羞又不是我的錯！

　　第二天早上，我來到雅典**國家電視台**的所在地。

　　來接待我的是一位攝影師，他肩上扛着的攝影機「**嗡嗡嗡**」作響。他用懷疑的眼神上下打量着我，問：「你懂體育運動嗎？」

　　我回答：「**完全不懂！**」

　　「那麼你了解奧林匹克嗎？」

　　我搖搖頭：「**一點都不了解！**」

　　「你從來沒試過直播報導嗎？」

　　「**從來沒有試過！**」

　　他搖搖頭：「那麼你為什麼來雅典呢？為了**希臘乳酪**嗎？」

我趕緊解釋：「其實是這樣的，我妹妹……我爺爺……另外，我的同學……」

攝影師很同情我，於是給我出了一個主意：「你要表現得從容自在點，別讓人覺得你很**緊張害怕**、不知所措、結結巴巴、語無倫次，甚至是對體育運動**一竅不通**……來，我們試試！看着鏡頭，不過不要*直刺刺地盯着*……要擺出一副洋溢智慧的神情，**活潑點**，**精神點**，切記一定要面帶微笑，但千萬別笑得跟個傻子似的……給我一個機靈的笑容，來，加油試試！把麥克風靠近嘴巴旁邊，別拿得這麼近，不要把它給吃了！好，準備，

一、 二、 **開始！**」

我嘗試開始說話：「嗯，你好，我的名字是史提頓，也就是說我姓謝利連摩……也就是說**奧運會**已經結束了……就是說，不對，應該是奧運會將要在這裏正式開始……」

　　我忍不住抽噎着嗚嗚啜泣：「我不要再繼續啦！**膽小害羞**又不是我的錯！」

　　攝影機繼續「嗡嗡嗡」地響着，攝影師過來安慰我說：「好了，也不是那麼**不堪入目**啊，再過二十年（如果非常非常努力）你（也許）就可以（誰知道呢）播天氣預報了……」

　　他接着說道：「這只是試錄，最後正式錄影的並不是我。你爺爺打電話過來通知我，要由另一位攝影師幫你錄影。」

　　這時候大門打開了……門外出現了一張我非常熟悉的臉孔……然後是，（唉……）我再熟悉不過的令人震撼的叫聲：

愛管閒事鼠愛管閒事鼠愛管閒事鼠史奎克史奎克史奎克！

我**抗議**道：「啊！不！如果這個錄影是要史奎克做攝影師的話我堅決不做！」

史奎克看着我説：「想要根小**香蕉**嗎？」

「不要！我沒有興趣吃香蕉！而且我也不要和你一起工作！」

他遞給我一個手提電話，説：「謝利連摩我的小老弟，你爺爺想和你通通電話呢！」

以下是整個對話的過程：

「小孫子啊，是你是你是你嗎……」

「是的，爺爺！」

「堅持堅持堅持……」

「知道了，爺爺！」

「堅持堅持堅持……」

「好的，爺爺，沒問題，我明白了，遵命！爺爺！」

我掛了電話，一臉委屈，有苦無處説。

體育運動能使
各地人民團結起來！

　　我竭盡全力嘗試準備我的第一次電視直播專訪：奧林匹克運動會開幕儀式！

一位運動員**跑着**到達會場，手上持着奧運**火炬**。

　　接着是一場盛大的檢閱儀式。世界各地的運動員列隊舉着他們的國家或地區旗幟參加開幕儀式！那是一個振奮鼠心的場面。體育運動真的能讓各地的鼠民團結起來，無論是來自不同種族，不同地域，還是有着不同風俗習慣的老鼠們！

出奇的……不尋常！

第二天，比賽開始了。

我瘋狂地跑這兒跑那兒，因為要直播所有的比賽，而每個比賽項目都在不同的地方進行。

「現在大家看到的是**舉重**比賽的現場……噢，選手們舉起了令人難以置信的**重量**！超過500公斤！這真是太奇妙的事情！看，冠軍得主是一位來自遙遠國家——老鼠拉多維亞的選手！」

接着我轉移陣地，到達田徑運動場。

「現在大家看到的是**100米田徑賽事**……運動員們要**衝刺**了……他們正在跑道上奔跑着……第一個衝向終點的選手只用了不到5秒時間！冠軍選手……來自……老鼠拉多維亞！」

然後是一場**撐杆跳高**比賽。

「運動員一個接一個地進行着比賽……你們看，難以置信……他跳出了9米高的好成績！冠軍選手來自……老鼠拉多維亞！」

史奎克在我旁邊和我一起追蹤賽事，他對我低聲說道：「謝利連摩，我的小老弟，你想吃香蕉嗎？」

「不用了，謝謝，我不吃**香蕉**！」

「真的不要?來一點吧,這可是美味的健康食品,含有豐富的鉀元素,而且……」

「真的不用了,謝謝,你真好,但是……」

「你真的一口都不想吃嗎?」

不不不不不不不不不不不不不不不不! 我要怎麼說你才信呢?

「你今天怎麼這麼神經緊張啊?! 你沒注意到比賽場上有什麼不尋常的地方嗎?」

我吃驚地說:「呃,我什麼都沒發現啊。」

接下來是一些球類比賽:排球、籃球、足球……其他所有隊伍都陸續參加了部分比賽,但只有老鼠拉多維亞一場也沒參加。

史奎克低聲細語:「謝利連摩我的小老弟,你沒有發現有什麼不一樣嗎?」

我驚奇地回答:「噢,我沒發現什麼啊。」

他的小鬍子抖動着竊笑:「嘻嘻嘻嘻!」

我知道他確實是個聰明的小傢伙!

一個機智的小小解釋

史奎克剝開一根香蕉，以一副傲慢的神情說道：「好吧，那你聽好啦！比賽到目前為止，總共有三個不尋常的地方你都沒有注意到：

1. 在奧林匹克運動會參賽代表團中，有一個國家事實上是不存在的：老鼠拉多維亞！

2. 老鼠拉多維亞的運動選手們外貌都十分相似，甚至相似得有些過頭了：我覺得他們很可能都是同一隻老鼠喬裝打扮的！

3. 老鼠拉多維亞並沒有參加團隊性質的比賽，僅僅只是參加個人賽事，很可能是因為參賽選手其實就只有一個！」

我由衷佩服他，説：「你分析得很有道理！」

史奎克興奮地下結論：「目前我們要不惜一切代價潛入**奧運村**裏，就是各地運動員住宿的地方，一定要揭開老鼠拉多維亞的那些秘密！奧運村看守很嚴密，一般鼠無法進去！但我已經找到了一張那兒的地圖，看，這兒……這兒就是老鼠拉多維亞運動員的住處！我已經研究了好幾種不同的潛入方式：

1. 挖一條地下通道……

2. 我們喬裝打扮成小郵差，假裝要送一封非常緊急的信件……

3. 用降落傘空降下去……

4. 我們可以藏在運垃圾的大貨車裏混進去。

「……或者我們可以……

我們可以……我們可以……」

　　我竊笑道：「不用喬裝打扮，進奧運村對我是小菜一碟。

就憑我的記者證就可以進去了！」

　　我堂堂正正地走到奧運村的入口大門，向門衛出示了我的證件，他馬上就讓我進去了。

　　史奎克極為仰慕和讚賞地跟在我後面，說：「厲害啊，真的是！」

夜半三更……

事不宜遲，我們立即朝着老鼠拉多維亞運動員的宿舍走去。

找到後，我們躲在角落裏，一直等到夜幕降臨，天色完全 變黑 之後，才小心翼翼地潛入宿舍裏……

我們本以為宿舍裏應該擠滿了運動員、教練、按摩師……誰知道，裏面竟然連一隻老鼠都沒有！

為了偵查清楚真實情況，我們決定兵分兩路：我往 右邊走，史奎克往 左邊走。

我在這個寬敞的、空無一鼠的大房子裏左轉右轉，心怦怦直跳。

我惟一的 照明 工具只是我那個鎖匙扣上的小電筒……

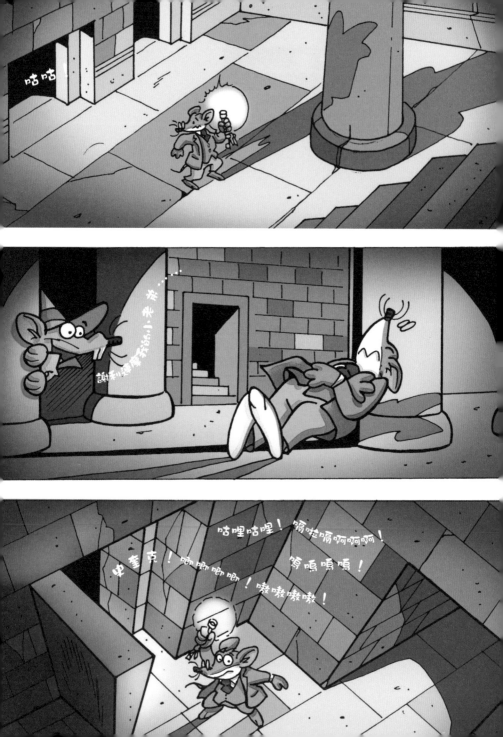

到處都是 黑乎乎 的，這些空曠的大房間大得讓鼠心慌，讓我心神不寧……

我聽見一個奇怪的聲音從前面的一個角落裏傳來：「咕咕！」

會是誰在那兒呢？

我霎時被嚇暈在地上。

「咕咕！謝利連摩我的小老弟，過來啊，過來看看……或者聽聽也行！」

我恢復意識後才發現，原來是史奎克搞鬼！於是我跟了過去。我小心謹慎地靠近了一道看上去很堅實的石門，它敞開着……

我清晰地聽見裏面有稀奇古怪的叫聲，就好像牆的另一面是一個動物園！

吱吱吥吥！

唧唧唧唧！

嗚嗚嗚嗚嗚！

嗝嗷嗝嗷嗷嗷嗷！

咕哩咕哩！

嗝啦啦啊啊啊！

呼嚕嚕……噗吱！

　　我們走了進去，並把石門關上。我們驚奇地發現這是一個寬大的工作室，裏面放着很多籠子和水箱，裏面關着許多動物，有螞蟻、蒼蠅、蚱蜢、青蛙、野兔、獵犬、美洲豹、獼猴、蜂鳥、大象、海豚……

　　這些動物都是用來做什麼的呢？

　　這些動物跟老鼠拉多維亞的選手有什麼關係呢？

　　在這個大廳的中間有一台巨大的機器，它的兩條長臂連着兩張奇怪的大椅子。

　　在那兩張大椅子之間，有另外一把小椅子，上面用鐵鏈鎖着一位年長的老鼠前輩，他正在打鼾：

「呼嚕嚕……噗吱！呼嚕嚕……噗吱！」

呼嚕嚕…… 噗吱！

我們走到他跟前時，我認出他來了……

我詫異地低聲說道：「啊，這不是我親愛的好朋友……**伏特教授**嗎？他一年前神秘失蹤了……再也沒有鼠知道他的消息！大家都以為他又去進行什麼**極度機密**的遺傳學研究呢……」

我們正準備把他叫醒，就聽到石門在「嘎吱嘎吱」地響。

史奎克急忙**叫道**：「

> **遺傳學：**
> 遺傳學是一門研究動植物領域中各類物種的特徵及性質的學問。

快，謝利連摩我的小老弟，馬上躲起來！到那邊的角落裏去！

「馬上！」

「只要目的正當，可以不擇手段！」

我們躲在一堵牆的後面窺探着動靜。

門開了，進來一隻**高高瘦瘦**、**衣着斯文**的老鼠，臉上一副**很紳士的神情**。他的頭髮是**金黃色**的，**藍色**眼睛冷得像**冰塊**似的。他優雅的雙排扣西裝外套上繡着一枚徽章，上面印有他的姓氏和一句話：

只要目的正當，可以不擇手段！

而讓我印象最最深刻的是他那**冰冷**而**嚴酷**的表情，他真是一隻毫無情感且肆無忌憚的老鼠。

他讓我隱約記起一隻老鼠……但會是誰是誰是誰呢？嗯……我知道了。

他讓我想起那個來自老鼠拉多維亞的運動員，我整天看到他多次領取金牌！

我嘗試想像一下他的**鬍子**……然後是**頭髮**顏色……接下來是鼻子上的一個**小瘤**……**對對對**！一模一樣，是**他**，就是**他！！！**

他冷笑着，生硬地向伏特教授鞠了個躬，說：「博士，我來告訴你，我親愛的博士，我又贏得了一面**金牌**！你高興嗎？」

伏特教授憤怒地拉扯着鎖鏈，發出「叮叮噹噹」的聲音。

「**弗·姆斯克魯茲先生**，我一點都不覺得高興。這面金牌根本不是你應該得到的……那是你用欺騙的手段奪回來的！」

這位老鼠朋友明確地指出：「**博士**，請你叫我**威斯柯特·金牌鼠**！」

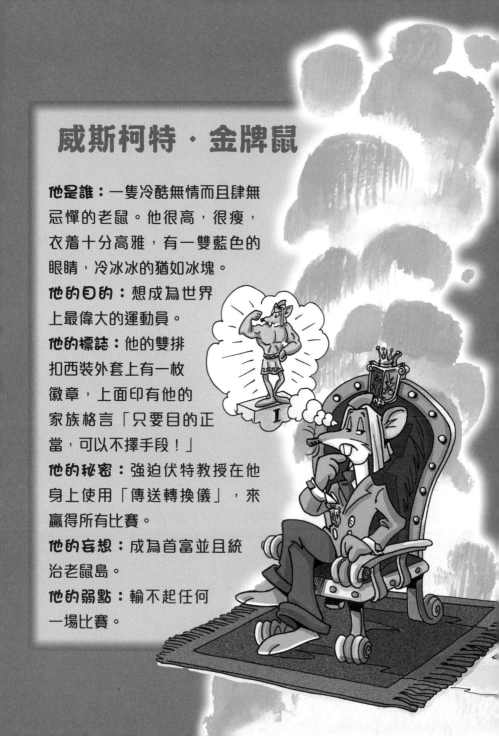

威斯柯特·金牌鼠

他是誰：一隻冷酷無情而且肆無忌憚的老鼠。他很高，很瘦，衣着十分高雅，有一雙藍色的眼睛，冷冰冰的猶如冰塊。

他的目的：想成為世界上最偉大的運動員。

他的標誌：他的雙排扣西裝外套上有一枚徽章，上面印有他的家族格言「只要目的正當，可以不擇手段！」

他的秘密：強迫伏特教授在他身上使用「傳送轉換儀」，來贏得所有比賽。

他的妄想：成為首富並且統治老鼠島。

他的弱點：輸不起任何一場比賽。

伏特教授的秘密

伏特教授無奈地歎氣：「好的，**威斯柯特‧金牌鼠**。總而言之，你實在是大錯特錯！」

威斯柯特卻指了指上衣口袋上的徽章，就是他那件*無比優雅*的西裝外套上面的那個。

「噗呼，你看見了嗎？我的徽章上寫着的家族格言：

只要目的正當，可以不擇手段！」

這時，**威斯柯特**的手機響了。

他一邊深呼吸，一邊講電話。

他同時還在舉着一個*沉重*的大杠鈴，神色輕鬆自如，臉不紅氣不喘的。

「喂，噗呼……我是**威斯柯特‧金牌鼠**。誰？哦，是你啊，**奈摩？**是的，我已經挾持並強迫**伏特教授**與我合作了。沒錯，那台『**傳送轉換儀**』運作得天衣無縫。對，那台儀器幾乎能將所有物體的特徵轉移到另外一種物體上！是的，正因為這樣，我現在能夠一個接一個地贏得**奧運會**上的所有比賽！嗯，跳高比賽中伏特教授給我轉移了**蚱蜢**的彈跳力……短跑比賽中我擁有**美洲豹**的速度……舉重比賽中我擁有**螞蟻**的力量……這台儀器還能夠讓老鼠擁有**蝙蝠**的**雷達**識辨能力……擁有貓的夜視本領……猴子的**攀爬**技巧……沒錯，這台儀器確實能

給科學技術帶來巨大衝擊，但我們也只會留着自己用，讓我們自己致富就行了……

……我們將會完全操控老鼠島！」

「嗯，沒有看到*謝利連摩·史提頓*出現。」

「嗯，我知道他是**伏特教授**的朋友，但我很懷疑像他這麼膽小怕事的鼠怎麼可能妨礙到我們呢。」

「嗯，我知道他的蠢材朋友**史奎克·愛管閒事鼠**也在雅典……」

「嗯，好的，奈摩！早日見面！」

他把電話掛了，一邊用手爪理順着小鬍子，神態自若，而我卻在角落裏直**發抖**。

你們知道奈摩是誰嗎？

他是一個陰險狡猾的無恥之徒，一直想方設法要毀滅老鼠島！

螞蟻的力量⋯⋯野兔的速度！

威斯柯特理着他的鬍子。

「很快就要參加跳遠比賽了。噗呼⋯⋯理所當然，我會贏！」

他在一堆籠子之間搜來搜去，直到他找到一個關着一隻青蛙的籠子。

「噗呼⋯⋯這可能對我有用。**青蛙**！說到跳遠，沒鼠能比得上青蛙。博士，勞駕，準備給我和這隻青蛙做腦部傳送連接吧。」

伏特教授站在原地不動。「**威斯柯特・金牌鼠**，我不會幫你的。我不喜歡在這些無辜的動物身上進行試驗。傳送轉換儀是為了幫助攻克現今醫學還無法治癒的疾病而研發

的！而你卻**強迫**我把它用來幫你奪取金牌。現在我已經受夠了，我決定即使付出生命的代價，也要拒絕這種可恥的勾當！」

威斯柯特冷酷地奸笑，說：

「噗呼，我耳朵剛才聽到什麼了？你不願意再幫我了？沒關係，那麼我自己來動手吧。

「我早就仔細觀察過你的儀器是怎麼運作的了⋯⋯」

「相信從今以後我可以不再需要你了！」

我和史奎克既**驚訝**又**憤怒**。

史奎克輕聲對我說：「太可恥了！怎麼能用這樣骯髒的手段來竊取獎牌呢！我們必須告發他！」

說完，他把**照相機**拿了出來。

「真幸運，我們可以拍下一些照片，作為揭發這個陰謀詭計的*證據！*」

不幸的是史奎克舉起照相機的同時，

手肘撞到了一個**籠子**⋯⋯

咔咔咔！咔咔咔！

那個籠子倒了下來，碰倒了旁邊的籠子⋯⋯

然後這個籠子撞到它旁邊的那個⋯⋯

接著下一個⋯⋯

再接著撞到下一個⋯⋯

就這樣，一個個籠子像骨牌一樣倒下去了⋯⋯

史奎克喊道：「**哎呀哎呀哎呀**，真是糟糕了！」

威斯柯特這時轉過身來，看見了我倆！他目不轉睛地盯着我們，大叫道：「你們……你們是誰？你們叫什麼名字？你們從哪兒闖來的？你們在這裏偷聽了多久了？你們為什麼要在這裏——」

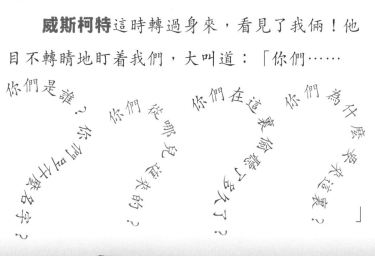

史奎克對他做着鬼臉。

「咕咕——咕咕——咕咕！」

然後，他開始閃電式地按下快門拍照。

威斯柯特惱怒地嚎叫着：「馬上把照相機給我！聽到沒有？」

他一個聳身跳躍（我的一千個莫澤雷勒乳酪啊，他跳得好遠呀！）抓住了史奎克的尾巴。

史奎克把照相機凌空向我拋來：「接住，謝利連摩！咕咕——咕咕——咕咕！」

我從空中把照相機接住了。

一場追逐賽就這樣在實驗室裏展開了！

噗呼呼呼呼呼呼！！

威斯柯特狡猾地冷笑着説：「**噗呼**，我沒必要浪費體力在這裏和你們追逐，借助這部神奇的儀器，抓住你們是很容易的事……看我的，我可以跑得跟野兔一樣**快！**」

他一個**起跳**，向着一把大椅子撲過去。

他在跳躍的同時，一手從一個籠子裏抓出一隻神色驚慌的兔子。

他用遙控器啟動了傳送轉換儀。

但這個時候……**伏特教授**把兔子換了下來……換成一隻蝸牛！

噗呼呼呼  呼呼呼！！

一陣機器運作的嗡嗡聲響起。

嗡嗡嗡嗡嗡……
嗡嗡嗡嗡嗡……
嗡嗡嗡嗡嗡……

威斯柯特想起來走動，但是他的動作卻奇

慢無比……慢得像一隻**蝸牛**！

他慢條斯理地低語：「**噗呼 呼呼呼呼**！」

喂，是警察先生嗎？

史奎克用手機撥通了雅典**警方**的電話。

「喂，是警察先生嗎？這裏有個壞蛋……麻煩你駕駛警車過來一趟好嗎？形勢危險與否？**不不不**，現在不危險了……剛開始還有點險情，但現在已經平息下來了，緩慢得像蝸牛，噢，我開開玩笑而已……」

史奎克說的沒錯：**威斯柯特**的動作確實變得**緩慢**極了。

當警察來捉拿他的時候，他還沒從椅子上站起來！

　　伏特教授再次啟動**傳送轉換儀**……隨着一陣「嗡嗡」的啟動聲，威斯柯特又回復到原來的行動速度。

　　威斯柯特剛剛能正常說話，就氣得臉色發紫地咆哮大罵：「你們這些**下水道裏的垃圾！**老鼠中的**次品！**耗子族中的**敗類！**要是讓我抓到你們我就要拔掉你們的鬍子！剝掉你們的皮！讓你們成為野貓的甜品！」

　　史奎克回應道：「噢，瞧你，即使你再裝腔作勢也無法改變你的失敗，嗯？從此人們就會知道你是一個**大騙子**，你根本不是一位真正的運動員：因為⋯⋯⋯你從來都不會輸」

真正的運動員是應該有贏也有輸的！」

非常簡單……
就跟啃乳酪一樣輕鬆！

　　我走到**伏特教授**旁邊，說：「伏特教授，很高興見到你！我很好奇這台傳送轉換儀是怎麼運作的！說來聽聽吧。」

　　他笑着說：「非常簡單，就像啃乳酪一樣輕鬆！我現在就給你解釋一下……要計算出對數立方根公式中的大量元素離心核能的絕熱情況下的……」

　　他還沒有解釋完，我就已經頭昏腦漲了！

不要按那個紅色按鈕！

伏特教授正在講解的時候，威斯柯特大喊：「我不能使用這台儀器了，我也不會讓任何老鼠擁有它！」

威斯柯特閃電般地躍起，抓住遙控器然後按了一下……**紅色按鈕**——「自動毀滅鍵」。

傳送轉換儀開始轟隆作響，而且聲音越來越猛烈……

接着濃煙四起起起起起起起……

傳送轉換儀發出一陣濃烈的燒焦味！

　　伏特教授衝到**傳送轉換儀**旁邊大叫：
「**不！不要！**我花了大量的心血才發明了
它！」

　　隨後他又低聲說：「但是⋯⋯這樣可能是
好事。就如其他所有的發明一樣，原本目的是
為鼠民帶來幸福的，但都有可能變成禍害⋯⋯
尤其是落在不誠實又肆無忌憚的壞老鼠的爪子
裏。」

伏特教授

我不要吃香蕉！

那些由威斯柯特所贏得的比賽項目都被取消了成績，而且全部在接下來的幾天內重新復賽，目的是讓最棒最有**實力**的老鼠能真正光榮勝出，而不是被**最狡猾**的老鼠騙取勝利。

我和史奎克坐在主席台上，觀眾們歡呼着：

謝利連摩·史提頓萬歲！

史奎克·愛管閒事鼠萬歲！

史奎克站起來高喊：「和平萬歲！和平萬歲！和平萬歲！」

所有老鼠齊聲重複：「和平萬歲！和平萬歲！和平萬歲！」

　　我也站起來和其他老鼠一起，高聲大喊
「和平萬歲」這個簡單而有力的口號！

　　史奎克回到座位上，接著就開始一口一口
地啃他的香蕉。

　　「謝利連摩我的小老弟，你要吃香蕉嗎？
很特別的香蕉……」

　　「不用了，謝謝！」

　　「沒關係，試試嘗一口，因為……」

　　「再次感謝你，不用了。」

「來來來，就只嘗一小口，因為⋯⋯」

「謝謝，但是我真的沒有胃口吃這個⋯⋯」

「但真的很美味，因為⋯⋯」

「我求你了，別再堅持讓我吃香蕉。」

「很抱歉，我還是要堅持，因為⋯⋯」

「你知道我的胃對香蕉無法消化！」

「我給你一種幫助消化的藥，因為⋯⋯」

「不僅僅是因為不消化，說到底還是因為我真的很不喜歡！」

「別開玩笑，你不可能不喜歡，因為⋯⋯」

我忍不住了，怒吼道：「我不要吃香蕉！如果你繼續堅持的話，我連你都討厭了！我討厭香蕉的味道！」

他拿了一根香蕉在我鼻子底下晃動。

「其實那不是香蕉的味道！而是⋯⋯乳酪的味道！半個小時之前我就想跟你說了，現在只好算了！」

我聞了聞其中一根**香蕉**。

好吃，好吃，好吃

「看在一千根香蕉的份上！

快，試試！否則你不會知道錯過了什麼好東西！」史奎克接着説。

聞起來好像真的很不錯的樣子……真的有**乳酪的味道！**

我吃了一根。正如史奎克所説：味道好極了！甚至可説是……**絕對的美味！**

他解釋道：「這不是一般的香蕉。我把它浸在**融化了的乳酪**裏泡了整整一個晚上……感覺到裏面的香味了嗎？我打算申請專利……你覺得怎麼樣？」

絕對的美味！

我感歎道：「噢，史奎克……**如果香蕉泡乳酪也能申請專利的話，鼠們應該早發明出來了！」**

謝利連摩，我們以你為榮！

真正的驚喜還在後頭。

奧運會結束後，我回到妙鼠城，史奎克跟着我下了飛機⋯⋯

我看見一支龐大的老鼠隊伍聚集在機場，並齊聲呼喊：「**我們以你為榮！**」

我目瞪口呆地環顧了一下四周。

我轉過臉去問史奎克：「你知道他們在說誰嗎？」

他們接着又更加響亮地齊聲高喊，聲音大得快把機場的玻璃窗都震碎了：

「謝利連摩，我們以你為榮！」

我結結巴巴得說不出話來，臉「唰」地一下紅得像**番茄**似的：「誰？我嗎？」

鼠羣翻過圍欄向我衝過來，手爪裏舉着紙和筆：「*我們想要你的親筆簽名！*」

我趕緊逃跑，驚慌失措地大叫起來。

史奎克給我加油：「謝利連摩，**快跑！**」

這個時候，我的手機卻響了，是我妹妹菲打來的：「謝利連摩，你的**奧運**直播順利吧？在電視上的效果不錯哦，你挺適合上鏡的……奧運會的直播在妙鼠城很受歡迎……你完成得相當棒……我的所有女鼠朋友都想要認識你……而且……我以一千個莫澤雷勒乳酪發誓，那簡直太離奇太驚險了！這樣的離奇歷險記我真想和他一起度過——那就是我**親愛的史奎克！**」

也許並不是所有
鼠迷朋友都知道⋯⋯

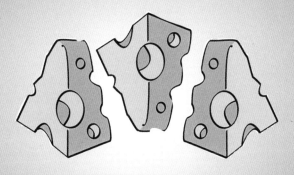

現代奧林匹克運動會的

歷史由來

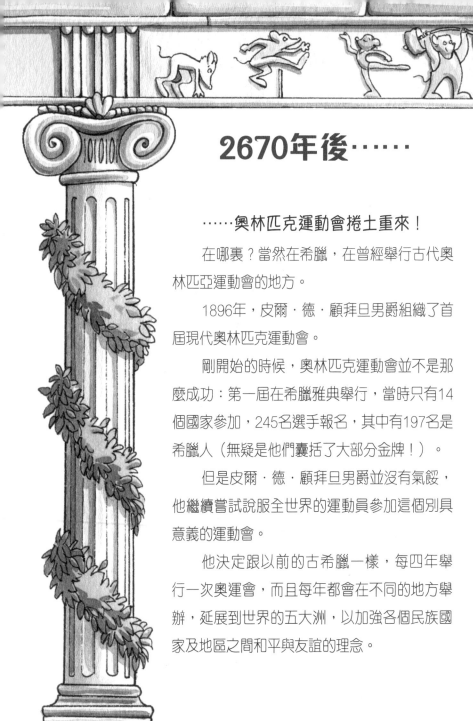

2670年後……

……奧林匹克運動會捲土重來!

在哪裏?當然在希臘,在曾經舉行古代奧林匹亞運動會的地方。

1896年,皮爾·德·顧拜旦男爵組織了首屆現代奧林匹克運動會。

剛開始的時候,奧林匹克運動會並不是那麼成功:第一屆在希臘雅典舉行,當時只有14個國家參加,245名選手報名,其中有197名是希臘人(無疑是他們囊括了大部分金牌!)。

但是皮爾·德·顧拜旦男爵並沒有氣餒,他繼續嘗試說服全世界的運動員參加這個別具意義的運動會。

他決定跟以前的古希臘一樣,每四年舉行一次奧運會,而且每年都會在不同的地方舉辦,延展到世界的五大洲,以加強各個民族國家及地區之間和平與友誼的理念。

一位真正的體育愛好者

「參加奧運會，最重要的是參與，而不是奪得冠軍！」

皮爾‧德‧顧拜旦男爵的這句名言，表達的是現代奧林匹克運動會所提倡的精神。

皮爾‧德‧顧拜旦男爵熱衷於對希臘文化的鑽研，最終被希臘文明所震撼，認為體育運動能為青年人身心發展奠定基礎。此外，他還認為體育運動是促進世界人民之間友誼的有力途徑。懷着這個信念，他在1894年向一個世界級組織提出了重新舉辦奧林匹克運動會的建議，這個組織後來成為第一個國際奧林匹克委員會。

他因此獲得了1920年的諾貝爾和平獎。

他去世後被葬在希臘的奧林匹亞，這是他生前的願望。

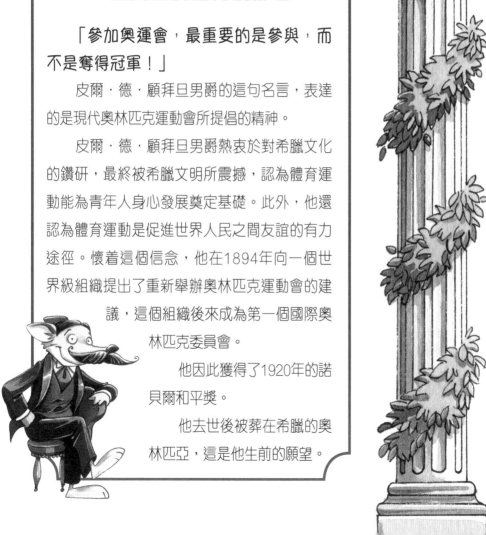

即使曾經因為世界大戰而被迫中斷，而且體育賽事中或多或少還滲雜着一些政治干涉，奧運會還是延續到了今天。皮爾‧德‧顧拜旦男爵應該感到欣慰：從1896年的14個參賽國，到1948年倫敦奧運的59個參賽國（其中運動選手約4,000人），發展到2016年，巴西里約

什麼力量能把一個運動員推向職業巔峯？
「擁有必勝的奮鬥目標和科學的訓練方法！」

熱內盧奧運會成為了奧運史上首個主辦奧運會的南美洲城市，有超過10,000名選手參賽。

但是很多其他事情發生了改變。

例如，1900年在巴黎舉行的奧運會上，所有游泳比賽的紀錄都被打破了……因為在巴黎塞納河進行游泳比賽，河流流向對游泳選手很有利！

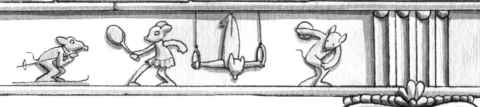

直到1900年的巴黎奧運會，勝出選手的獎勵仍是雨傘和書本。並不是像皮爾‧德‧顧拜旦男爵所要求的那樣，給予獎牌，另外還有一張證書和一枝月桂，以此紀念古代的比賽。

宣誓

「我們發誓以真誠的競賽者身分參加奧林匹克運動會，尊重比賽規則，以英勇的騎士精神為體育的光榮和本國的榮譽而拼搏。」

這是每一屆奧運會開幕儀式上的宣誓詞，由一名運動員代表宣讀，強調一種體育精神，這種精神是在任何比賽中都應該尊重的。

奧運聖火的傳遞

奧運火炬是一種精神的標誌，表達世界人民之間的情誼。每四年奧運聖火都會在希臘採集，就在那個奧林匹亞的古老聖壇上，然後通過聚焦鏡聚集太陽光熱進而點燃火炬，再通過不同的人接力傳遞，到達當年要舉行奧運會的主辦國。

舉着奧林匹克火炬的運動員們被稱為「火炬手」。

當他們要渡海或渡洋的時候，火炬就會用飛機或者輪船傳送過去，否則就是徒步一個接一個地傳遞開去，直至到達奧林匹克運動場。

奧運聖火在運動場上會持續燃燒，直至比賽結束。

奧運五環

　　要是沒有奧運之父的創意，有誰能夠找到一個簡單而且表意清晰的標誌，可以完美地象徵奧運精神呢？

　　皮爾‧德‧顧拜旦男爵在設計奧運標誌時，從古希臘文化中得到了靈感：希臘聖壇上有五個互相交錯的圓環，代表了德爾菲運動會的敵戰休止。他認為這五個圓環正好可以代表世界的五大洲。

　　白底上的五個圓環，是各大洲的代表顏色。每個圓環對應一個大洲：黃色代表亞洲，黑色代表非洲，藍色代表歐洲，紅色代表美洲，綠色代表大洋洲。

　　在每一屆奧運會結束之時，奧運旗幟就會交託給下一屆奧運主辦國保管。

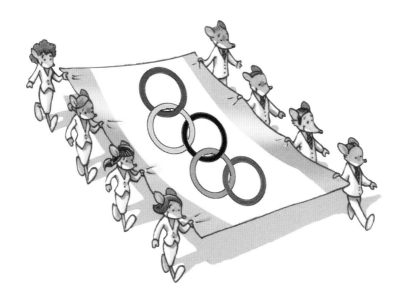

女子奧運

1920年，奧運旗幟在比利時安特衞普奧運會上首次升起，這次奧運會的新鮮事是女子可以正式參加比賽。

在古代，女人不能參加體育運動，甚至不能出席運動會。因此，在首幾屆現代奧林匹克運動會上，由於婦女的參賽，一切都變得截然不同了。

在現代奧林匹克運動會剛開始的時候，女選手雖然能夠參加比賽，但是她們的參賽都是非正式的。

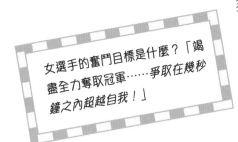

女選手的奮鬥目標是什麼？「竭盡全力奪取冠軍……爭取在幾秒鐘之內超越自我！」

然而到了1920年的比利時奧運會上，足足有77位女選手正式參加了比賽。

精密計時器

第一個電子石英精密計時器在1964年的日本奧運會上首次使用。在此之前，運動員的時間成績都是用普通機械電子錶測量

的：當選手優勢只在百分秒之間的時候，要確定勝利者其實很不容易，尤其是在游泳和跑步比賽中。

另外就是判斷起步時間，這是由裁判所決定的，但是他們總是很難達成一致！

如今科學技術允許了更加精密的時間測量，結果能夠精確到千分之一秒。裁判可以通過運動員到達終點那一刻的電子圖像，用電腦監控器進行具體圖片整理，與相應的時間成績對比，得出最後結果。

夏季奧林匹克運動會

　　人們提起奧運會，都會首先想到每四年舉行一次的夏季奧運會。夏季奧運會確實包括了絕大多數的運動項目：超過300場個人賽事和團體賽。

　　「第三十二屆夏季奧運會原定於2020年7月於日本東京舉行。2019年，世界各地受到新型冠狀病毒疫情影響，國際奧委會決定延期舉行東京奧運。該屆預計舉辦33個比賽項目。當中增設5個比賽項目，包括：棒壘球、衝浪、空手道、運動攀登和滑板。」

　　奧運會的每項賽事都有其特殊性及規則。例如，水上項目就被細分為游泳、跳水、韻律泳、水球、賽艇和獨木舟。

　　田徑賽包括3個類別：跑步、跳躍運動和投擲運動。夏季奧運會舉辦的賽事眾多，單是跑步賽已經為數不少了，賽事密集地進行：從只需十幾秒就能完成的100米短跑比賽，到42,195公里的馬拉松比賽都有呢！

誰是西班牙最出名的跳水選手？
答案是卡多・德潘薩。

冬季奧林匹克運動會

1924年，第八屆夏季奧運會在法國巴黎舉行，同年第一屆冬季奧運會在法國霞慕尼順利揭開帷幕。從那時起，夏季奧運會和冬季奧運會都在同一年舉行。後來，國際奧委會又決定把它們分開舉辦，現在它們相隔兩年舉行一次。

先前的冬季奧運會舉辦並不輕鬆，雖然它包含的運動項目和賽事都相對較少。為什麼呢？問題就在於雪！

現在有了發射炮，人們可以把人造雪發射到比賽場地。但是以前就不是這麼簡單了。就像1964年的因斯布魯克冬奧會，主辦單位需要將一噸一噸的雪用重型卡車運到賽道上，因為那一年當地沒有下雪！

2022年冬季奧運會將會在中國北京舉行，涉及多種運動，包括：冬季兩項、有舵雪橇、無舵雪橇、雪車、冰壺、冰上曲棍球、滑冰和滑雪。

誰是最成功的滑雪女選手？
答案是：挪威越野滑雪女選手瑪麗·比約根。她曾贏得15面獎牌，當中有8面金牌。

殘疾人奧林匹克奧運會

　　殘疾人夏季奧運會是一個為殘疾人士而設的運動會，此運動會的歷史可追溯至很久以前。

　　1948年，第二次世界大戰剛剛結束不久，一位英國醫生想幫助戰爭倖存者也能參加體育運動。於是，當奧運會在英國倫敦舉行期間，他舉辦了「史篤曼維爾運動會」。此項運動會非常成功，隨着時間的推移，該運動會成為了國際盛事。

　　1960年意大利羅馬奧運會完結之後，出現了首個依循奧林匹克運動會模式舉辦的殘疾運動會，當時約有400位分別來自23個國家及地區的運動員參加。此後，殘奧會便定為四年一度，與奧林匹克運動會同年舉行。

　　1988年，在韓國漢城（今稱：首爾）奧運會上，首次出現殘奧會在同一場地舉辦及應用相同的比賽設施。這兩個奧運會自此開始在同一城市及場地舉行。其後，從1992年的西班牙巴塞隆拿奧運會開始，冬季殘疾人奧運會也開始每四年舉辦一次。

　　2016年，巴西里約熱內盧殘奧會上，有超過4,000名選手，總共開設23個比賽項目，進行了528項賽事。

　　受新冠病毒影響，延期舉之2020年日本東京殘奧會，計劃新增跆拳道和羽毛球比賽項目。

運動的天下

你知道嗎？1920年的奧運會上有過拔河比賽呢。而欖球也曾經是一項奧林匹克運動，不過隨後退出了奧運舞台。網球比賽一度被取消過，後來又重新加入。跆拳道自2000年開始成為奧運會比賽項目。跆拳道，是一項利用拳和腳進行搏擊的體育運動。「跆」的意思為腳踢、踩踏；「拳」是指用拳擊打；而「道」則是指練習的方法和心靈的修養。跆拳道由韓國古代武術演變成一項強身健體的競技運動。這項運動已經成為世界上最受歡迎的運動項目之一。

你知道嗎？單板滑雪也是現在冬季奧運會的比賽項目之一呢。

但是，哪些運動將被加入比賽項目，哪些需要取消，是怎麼決定的呢？

以前曾經存在一些混亂，因為這些都是由當年的奧運會主辦國所決定的。

他們都是依據本國的偏好以及當地的傳統文化來做決定的。這樣的話就不能形成一個公平公正的標準，因而經常導致其他國家的爭議與糾紛。

因此，奧林匹克委員會就做出規定：所加入的男子運動項目，必須要有至少來自4個不同大洲的75個國家參加；女子運動項目則必須有來自3個不同大洲的40個國家參加。

這樣能盡量減少偏袒。從理論上，讓所有人都有同等的勝出機會。

滑雪射擊

這是冬奧會裏的一個比賽項目，但是它卻集合了夏季和冬季運動的兩種元素。這項比賽怎樣進行呢？在正規冬奧會中，參賽選手需要經過一條長跑跑道，停下射擊標靶。誰能在最短時間內完成這段路程就能勝出。但是為了不犯規，選手需要擊中所有的標靶。

業餘選手
還是專業選手？

　　在首屆現代奧林匹克運動會中，規定參賽者
都必須是業餘選手，就是說選手參賽時不可接受
金錢也不能有贊助，因為當時不存在體育協會。
只有能夠自行到達比賽場地，並且以個人名義
參賽的選手，方能參加比賽。而且這項規定非
常苛刻，曾經有一名徒步走到雅典參賽的意大
利運動員被拒絕參加當年雅典的比賽，因為他在前一年，
參加了歷時12天，從都林到馬賽到巴塞隆拿的馬拉松競
賽，贏得了一筆獎金。

　　今天，參賽者幾乎都是專業選手，這使奧運會吸引到
更多來自世界各地的運動愛好者，他們以贏得
奧運金牌為人生目標！

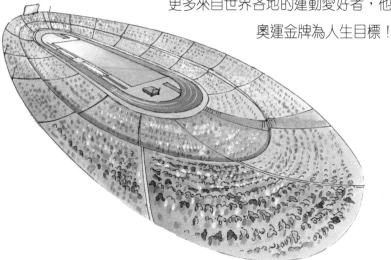

奧運村

　　古希臘的奧林匹克運動會，並不
存在一個專門為運動員而設的奧運村。
因為創辦運動會的想法起源於宗教，體
育器材都設置在廟宇裏。因此早期的運
動會，運動員的住宿條件都非常簡陋。直
到1924年巴黎奧運會，第一個「奧運村」
才真正落成，這是用來招待所有運動員及其團體的建築。

　　隨着參賽代表團和參賽選手的增加，奧運村的規模逐
漸擴大。在2016年里約熱內盧奧運會時，建設了歷來最大
型的奧運村。

　　2020年，東京奧運提倡可持續發展的理念，從日本全國
各地收集木材建成奧運村，預計提供18,000個牀位。其中，
奧運村的牀採用了以高強度環保卡紙製成牀架。在賽事結束
後，牀具可以被回收循環再造，減
少浪費。

傑出的運動員名單

謝斯・奧雲斯：在1936年柏林奧運會上，贏得4項冠軍：100米跑、200米跑、跳遠和4×100米接力賽，創下了兩項奧林匹克紀錄和一項世界紀錄。

譚妮・葛雷・湯普森：最著名的殘疾人奧林匹克運動會冠軍女選手之一，多年來共贏得11面金牌。在1988年漢城奧運會上首次贏得銅牌，1992年巴塞隆拿奧運會上她獨攬4面金牌，其中一項還是400米跑。

卡爾・劉易斯：1984年洛杉磯奧運會上贏得100米跑、200米跑、跳遠以及4×100米接力賽等四項冠軍，獲獎數目與謝斯・奧雲斯看齊。他在四屆奧運會上共奪得9面金牌。

納迪婭・哥曼妮芝：她是1976年蒙特利爾奧運會的英雄人物，當時年僅14歲的她獨攬3面體操項目金牌，其中包括獲得了奧運會體操史上第一個10分——滿分。

米高・菲比斯：這位美國游泳運動員在2016年奧運取
得8面游泳項目金牌，成為了史上在同一
屆奧運會獲得最多金牌的運動員。同
時，他也是史上贏得最多奧運獎牌的選
手，當中有23面金牌。

基恩・克勞德・基利：1968年法
國格勒諾布爾冬季奧運會中滑雪比賽
的傳奇英雄，他在高山滑雪比賽
中囊括了全部3面金牌。

卡特琳娜・維特：1988年，加拿大的卡爾加里
第15屆冬加季奧運會上，第二次勇奪女子花式滑
冰金牌。

拉・斯麥塔尼娜：1976年
到1988年，連續4屆冬奧會
上，奪得4面金牌、5面銀牌和一面銅
牌，創下了冬奧會上個人獲得獎牌最多
的紀錄。

奧運紀錄

1. 足球：奧運項目紀錄中，英國分別奪得1900年、1908年和1912年的金牌，1952年、1964年和1968年則由匈牙利囊括。

2. 排球：自1964年引進為奧運比賽項目起（含男子和女子賽），大部分都由前蘇聯的國家隊贏得，總計奪得7面金牌。

3. 女子乒乓球：金牌得主紀錄由中國選手王楠所保持，在個人及團體賽中分別奪得4面金牌和1面銀牌。

4. 田徑：雷·尤里是史上第一位奪得最多田徑金牌的美國選手。在1900年、1904年、1906年和1908年的比賽中，他在跳高、跳遠和三級跳項目中共獲10面金牌。而史上最成功的女子田徑選手就是荷蘭運動員芬妮·白蘭克·柯

思，她曾獲得4面金牌，更曾經打破或平
12項世界紀錄。

5. 參加奧運會次數最多的國家： 從1896年
到2016年，只有五個國家是每一屆都參加
的，它們是：澳洲、法國、希臘、英國和瑞
士。

6. 獎牌（比金子還要貴重）最多的國家：
在奧林匹克運動會的歷史上（1896-2016），美國總共贏得
數目多達1,022面金牌。

7. 舉辦奧運會次數最多的國家： 從首屆現代奧運會至2021
年，美國總共舉辦了8次奧運會，包括4屆夏季奧運會和4屆
冬季奧運會。

妙鼠城

老鼠島

《鼠民公報》大樓

1. 正門
2. 印刷部（印刷圖書和報紙的地方）
3. 會計部
4. 編輯部（編輯、美術設計和繪圖人員工作的地方）
5. 謝利連摩·史提頓的辦公室
6. 花園

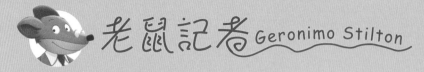

老鼠記者 Geronimo Stilton

與老鼠記者一起
歷奇探險走天下！

親愛的鼠迷朋友，
　　　下次再見！

謝利連摩・史提頓

Geronimo Stilton

奇鼠歷險記

榮獲
第 15 屆
十本好讀
小學生最愛作家

與謝利連摩一起展開
視覺及嗅覺並重的冒險之旅!

這是一套充滿驚喜的歷險故事書。

翻開本系列書,你會聞到各種香味或臭
味!……還要解開被魔法墨水隱藏
的秘密!現在就和謝利連摩一
起經歷既驚險又神
奇的旅程吧!